# BONÍCULA

# BONÍCULA

## Una historia de misterio conejil

DEBORAH Y JAMES HOWE

*ilustrado por*

FRANCISCO NAVA BOUCHAÍN

*traducción*

DAVID HUERTA

FONDO DE CULTURA ECONÓMICA

Primera edición en inglés, 1979
Primera edición en español, 1992
Segunda edición, 1994
Tercera edición, 2015
Primera reimpresión, 2017

---

Howe, Deborah y James Howe
Bonícula. Una historia de misterio conejil / Deborah Howe, James Howe ; ilus. de Francisco Nava Bouchaín ; trad. de David Huerta. — 3ª ed. — México : FCE, 2015
91 p. : ilus. ; 19 × 15 cm — (Colec. A la Orilla del Viento)
Título original: Bunnicula: A Rabbit Tale of Mystery
ISBN 978-607-16-3374-3

1. Literatura infantil I. Howe, James, coaut. II. Nava Bouchaín, Francisco, il. III. Huerta David, tr. IV. Ser. V. t.

LC PZ7 Dewey 808.068 H858b

---

*Distribución en América*


Carretera Picacho Ajusco, 227; 14738 Ciudad de México
www.fondodeculturaeconomica.com
Comentarios: librosparaninos@fondodeculturaeconomica.com
Tel.: (55)5449-1871

Editor: Daniel Goldin
Formación: Neri Sarai Ugalde Guzmán
Diseño de portada: Miguel Venegas Geffroy
Dirección artística: Rebeca Cerda



**ISBN** 978-607-16-3374-3

Impreso en México • *Printed in Mexico*

*Con afecto*
*para Mildred y Lester Smith*

# Índice

# Nota del editor

*El libro que estás a punto de leer me fue entregado de la manera más extraña. Un viernes por la tarde, poco antes de la hora de cerrar, escuché unos rasguños en la puerta delantera de mi oficina. Cuando abrí, me encontré con un perro de ojos tristes, de orejas gachas, que llevaba un sobre grande, común y corriente, en el hocico. Lo dejó caer a mis pies, me echó una mirada conmovedora y emprendió su camino con gran dignidad.*

*Dentro del sobre estaba el manuscrito del libro que ahora tienes entre las manos, junto con esta carta:*

Señores:

La historia aquí incluida es verdadera. Nos sucedió en esta misma ciudad a mí y a la familia con la que vivo. He cambiado los nombres de la familia para protegerlos, pero en lo demás, lo que leerán ustedes son hechos que realmente ocurrieron.

Permítanme presentarme. Mi nombre es Harold. Me puse a escribir por pura casualidad. Mi trabajo de tiempo completo es ser perro. Vivo con el señor y la señora "X" (llamados aquí "los Monroe") y sus dos hijos: Toby, de ocho años, y Pete, de diez. También comparte nuestro hogar un gato llamado Chester, a quien me complace llamar mi amigo. Éramos una típica familia norteamericana, y todavía lo somos, pero los acontecimientos de mi historia han afectado, desde luego, nuestras vidas.

Espero que encuentren esta historia de suficiente interés para ustedes y sus lectores como para justificar su publicación.

Atentamente,

Harold X.

# La llegada

Nunca olvidaré la primera vez que estos cansados ojos se posaron sobre nuestro visitante. La familia me había dejado en la casa con la advertencia de cuidarla hasta que regresaran. Es algo que siempre me dicen cuando salen:

—Cuida la casa, Harold. Tú eres el perro guardián.

Yo creo que así me dan por mi lado para justificar el no llevarme con ellos. Como si yo quisiera ir. En el cine no puedes echarte para ver la pantalla. Y la gente cree que eres un maleducado si te duermes y empiezas a roncar o si te rascas en público. No, gracias. Prefiero estirarme en mi tapete favorito, enfrente de un lindo y silbante calentador.

Pero me voy por las ramas. Estaba hablando de la primera noche. Bueno, hacía frío, la lluvia tamborileaba en las ventanas, el viento aullaba y se estaba de lo más bien en casa. Yo estaba tendido en el tapete, con la cabeza sobre las patas y miraba distraídamente la puerta principal. Mi amigo Chester estaba acurrucado en el sillón de terciopelo café, que hace ya varios años declaró de su propiedad. Vi que, una vez más, había cubierto todo el asiento con su pelo gatuno y me reí para mis adentros, imaginándome la escena que tendríamos mañana. (Aparte de los saltamontes, no hay nada que asuste más a Chester que una aspiradora.)

En mitad de este ensueño, escuché un auto estacionarse en la entrada. Ni siquiera me molesté en levantarme a ver quién era. Sabía que tenía que ser mi familia —los Monroe— pues ya era hora de que la película hubiera terminado. Pasado un momento, se abrió la puerta principal. Ahí estaban, en el umbral, Toby y Pete y mami y papi Monroe. Se vio el resplandor de un relámpago y en esa luz repentina me di cuenta de que el señor Monroe llevaba un pequeño bulto: un bultito con unos ojillos relucientes.

Pete y Toby irrumpieron en la sala, hablando a voz en cuello.

Toby gritó:

—¡Ponlo aquí, papi!

—Quítate las botas. Estás empapado —replicó la madre, bastante calmada (pensé) en medio de todo eso.

—Pero mami, ¿y qué hacemos con el…?

—Primero, deja de escurrir sobre la alfombra.

—¿Alguien tendría la bondad de encargarse de esto? —preguntó el señor Monroe, señalando el bulto con ojillos—. Me gustaría quitarme el abrigo.

—Yo me encargo —gritó Pete.

—No, yo —dijo Toby—. Yo lo encontré.

—Tú lo vas a dejar caer.

—¡Que no!

—¡Que sí!

—¡Mami, Pete me pegó!

—Yo me encargo —dijo la señora Monroe—. Quítense los abrigos inmediatamente.

Pero se tardó tanto en ayudar a los niños a quitarse los abrigos, que tampoco ella se encargó del bulto.

Mi tranquila velada había quedado destruida y nadie siquiera me había dicho *hola*. Lancé un gemido para recordarles que estaba allí.

—¡Harold! —gritó Toby—, adivina lo que me pasó.

Y otra vez todo mundo se puso a hablar al mismo tiempo.

En este punto, creo que debo explicarles algo. En nuestra familia todo mundo trata a los demás con gran respeto por su inteligencia. Esto vale también para los animales. Todo lo que les pasa a ellos se nos explica a nosotros. Nunca ha sido cuestión de decirnos: "Harold, lindo perrito" o "Usa la caja con arena Chester", en nuestra casa. Oh, no; con nosotros más bien se dice. "Oye, Harold, papi se ganó un aumento y ahora nos van a cobrar más impuestos" o "Ven a la cama, Chester, vamos a ver el programa *Reino Salvaje*. A lo mejor descubres un pariente". Lo que demuestra lo amables que son. Después de todo, el señor Monroe es profesor universitario y la señora Monroe es abo-

gada, así que nos consideramos un hogar sumamente especial. Y en consecuencia, somos unas mascotas sumamente especiales. Así que no fue una sorpresa para mí que se tomaran un tiempo en explicar las extrañas circunstancias que rodearon la llegada del pequeño bulto con los ojillos relucientes.

Según eso, llegaron tarde al cine y, en vez de molestar a los asistentes que ya estaban sentados, decidieron irse a la última fila, que estaba vacía. De puntitas llegaron hasta allá y se sentaron, sin molestar a nadie. De repente, Toby, que es el más pequeño, saltó de su silla y exclamó que se había sentado sobre algo. El señor Monroe le dijo que dejara de hacer escándalo y se cambiara de lugar, pero en una muestra poco acostumbrada de independencia, Toby dijo que quería ver en qué se había sentado. Un acomodador llegó a su fila a pedirles que bajaran la voz y el señor Monroe le pidió prestada su lámpara. Lo que encontraron en el asiento de Toby fue el bultito, envuelto en una cobija, que ahora descansaba en el regazo del señor Monroe.

Desenvolvieron el bulto y ahí, en el centro de la cobija, estaba un conejito blanco y negro, posado en una caja de zapatos llena de tierra. Tenía un pedazo de papel atado al cuello con una cinta. Había unas palabras en el papel, pero los Monroe no pudieron descifrarlas porque estaban en un idioma totalmente desconocido. Yo me acerqué para ver mejor.

Ahora bien, algunas personas podrán llamarme una mezcolanza, pero tengo buenas líneas de sangre en mis venas y la línea de perros lobos rusos es una de ellas. Como mi familia viajaba mucho, fui capaz de reconocer el idioma como un oscuro dialecto de la región de los Cárpatos. Traducido toscamente, decía: "Cuiden a mi bebé". Pero no pude darme cuenta de si era el mensaje de una madre desolada o una partitura de música rumana.

La criatura estaba temblando de miedo y frío. Se decidió que el señor Monroe y los muchachos le harían una casa con un viejo cajón de madera y algo de malla industrial que había en el garaje. Para pasar la noche, los muchachos le harían una cama en la caja de zapatos. Toby y Pete fueron corriendo a buscar el cajón y la señora Monroe fue a la cocina a conseguir un poco de leche y lechuga. El señor Monroe se sentó con una expresión de aturdimiento en los ojos; parecía estarse preguntando cómo es que había terminado en su propia sala, con un impermeable mojado y un extraño conejillo en el regazo.

Le hice una seña a Chester y los dos nos dirigimos como si nada a un rincón de la sala. Nos miramos uno al otro.

—Bueno, ¿qué piensas? —pregunté.

—Creo que a los conejos no les gusta la leche —contestó.

Chester y yo no pudimos continuar nuestra conversación porque un ruido ensordecedor nos distrajo.

Pete gritaba desde el pasillo:

—¡Mamá! ¡Toby rompió la casa del conejo!

—No es cierto. Nada más se me cayó. Pete no me deja llevarla.

—Es demasiado grande. Toby está muy chiquito.

—No estoy chiquito.

—¡Sí estás!

—Ya está bien, amiguitos —ordenó la señora Monroe, al entrar con la leche y la lechuga—. Traten de traer el cajón con la menor histeria posible, por favor.

Chester se volvió y me dijo en voz baja:

—Esa lechuga se ve repulsiva, pero si queda alguna leche, *yo* me la zampo.

Ciertamente, yo no iba a discutir con él. Lo que me gusta a mí es el agua.

En ese momento, llegó el cajón, soportando apenas el esfuerzo de ser jaloneado en dos direcciones opuestas.

—Ma, Toby dice que se va a quedar con el conejo en su cuarto. No se vale. Harold duerme en su cuarto.

"Sólo a veces —pensé—, cuando sé que dejó los restos de un sándwich de jamón en su mesita." Toby es un buen niño, no me malentiendan, pero no le hace daño compartir un rico tesoro conmigo. A fin de cuentas, fue en una de esas fiestas nocturnas en su cuarto cuando aprendí a disfrutar del pastel de chocolate.

Y Toby, al notar mi preferencia, me ha mantenido desde entonces a dieta de pastel de chocolate. Pete, por otra parte, no cree en eso de compartir. La única vez que traté de dormir en su cama, se acostó encima de mí y me aplastó las orejas; no me pude mover por el resto de la noche. Tuve el cuello tieso por varios días.

—Pero es mío —dijo Toby—. Yo lo encontré.

—Te sentaste en él, dirás.

—Yo lo encontré y se queda a dormir en mi cuarto.

—Te puedes quedar con el apestosillo de Harold en tu cuarto y con Chester también, si quieres, pero yo me quedo con el conejo en mi cuarto.

¡El apestosillo de Harold! Le hubiera mordido el tobillo, pero sabía que no se había cambiado de calcetines en una semana. ¡Él era el apestosillo!

El señor Monroe lo decidió:

—Yo creo que el mejor lugar para el conejo es aquí en la sala, sobre esa mesa que está junto a la ventana. Hay luz y tendrá mucho aire fresco.

—Pete es más alto que yo —se quejó Toby—. Va a poder ver mejor al conejo.

—Mala suerte, chaparro.

—Ya basta —dijo la señora Monroe con los dientes apretados—. Vamos a ponerlo cómodamente en su camita y luego nosotros podemos ir a dormir.

—¿Por qué? —preguntó Pete—. Yo no me quiero ir a dormir.

La señora Monroe le sonrió a Pete con una dulzura exagerada.

—Mira, ma —dijo Toby—, no se está tomando su leche.

Chester me dio un codazo en las costillas.

—¿No te lo dije? —exclamó—. Discúlpame mientras me preparo.

—Oigan —dijo Toby—, tenemos que ponerle nombre.

—¿No puede eso esperar hasta mañana? —preguntó el señor Monroe.

Los niños gritaron al unísono:

—¡No! Tiene que tener nombre ahora mismo.

Tengo que decir que yo estaba de acuerdo. Les llevó tres días ponerme nombre, y fueron los tres días más angustiosos de mi vida. No podía dormir, preocupado de que me fueran a poner Fofoy, como había sugerido la señora Monroe.

—Bueno, está bien —suspiró la señora Monroe—, ¿qué tal estaría… vamos a ver, Bombón?

"Caray. Allá va de nuevo —pensé—. ¿De dónde saca esos nombrecitos?"

—¡*Argh!* —dijimos todos.

—Bueno, entonces, ¿qué tal Fofoy? —ofreció esperanzada.

Pete miró a su mamá y sonrió. "Nunca te das por vencida, ¿verdad, ma?"

Mientras tanto, Chester (que también fue llamado Fofoy por un tiempecillo) se estaba frotando contra los tobillos de la señora Monroe y ronroneaba con todas sus fuerzas.

—No, Chester, ahora no —le dijo ella, haciéndolo a un lado.

—Nos quiere ayudar a ponerle nombre, ¿no es cierto, Chester? —preguntó Toby, al tiempo que se lo ponía en los brazos.

Chester me echó una mirada. Me di cuenta de que no era eso lo que se había propuesto.

—Ándale, Harold —gritó Toby—, tú también tienes que ayudar con el nombre.

Me acerqué a la familia y nos pusimos a pensar en serio.

Todos miramos dentro de la caja. Era la primera vez que lo veía. "Así que éste es el conejo", pensé. Cómo se parecía a Chester, pero tenía orejas más largas y una cola más corta. Y un motorcito en la nariz.

—Bueno —dijo Pete al cabo de un momento—, ya que lo encontramos en el cine, ¿por qué no le ponemos señor Johnson?

Hubo un momento de silencio.

—¿Quién es el señor Johnson? —preguntó Toby.

—El tipo que es dueño del cine —respondió Pete.

A nadie pareció gustarle la idea.

—¿Qué tal Príncipe? —dijo el señor Monroe.

—Pa —dijo Toby—, ¿bromeas?

—Bueno, una vez tuve un perro que se llamaba Príncipe —replicó débilmente.

Yo pensé que Príncipe era un nombre bobo para un perro.

—Lo encontramos en una película de Drácula. Vamos a ponerle Drácula —dijo Toby.

—Es un nombre estúpido —dijo Pete.

—¡No, no es! Y de todas maneras, yo lo encontré, así que me toca ponerle el nombre.

—Mami, no vas a dejar que él le ponga nombre, ¿verdad? Eso es favoritismo y me voy a traumar si lo dejas.

La señora Monroe miró azorada a Pete.

—Por favor, ma, por favor, pa, vamos a ponerle Drácula —exclamó Toby—, por fa, por fa, por fa.

Y con cada *por fa* apretaba a Chester un poquito más.

La señora Monroe recogió el platón de leche y se dirigió a la cocina. Chester siguió cada uno de sus movimientos con los ojos, que parecía que se le salían de sus órbitas. Cuando llegó a la puerta de la cocina, se dio vuelta y dijo:

—Ya no discutamos. Vamos a ponernos de acuerdo. Es un bonito conejito y lo encontramos en una película de Drácula, así que lo vamos a llamar Boní-cula. ¡Bonícula! Eso debe dejar a todos contentos, incluida yo.

—¿Y yo? —musitó Chester—, yo no voy a estar contento hasta que baje la leche.

—Bueno, chicos, ¿están de acuerdo? —preguntó la señora.

Toby y Pete se miraron. Y luego miraron al conejo. Una sonrisa apareció en la cara de Toby.

—Sí, ma, creo que el nombre está bien.

Pete se encogió de hombros.

—Está bien. Pero a mí me toca darle de comer.

—Está bien. Voy a poner la leche otra vez en el refri. Quizá se la tome mañana.

—¿Y Chester? —dijo Toby, dejando caer al ansioso gato al suelo—. A lo mejor la quiere.

Chester se lanzó en línea recta hacia la señora Monroe y la miró lastimeramente.

—Oh, Chester ya no quiere más leche, ¿verdad, Chester? Ya tomaste tu lechita hoy.

Se agachó, acarició a Chester en la cabeza y se metió en la cocina. Chester no se movió.

—Bueno, a la cama —dijo el señor Monroe.

—Buenas noches, Bonícula —dijo Toby.

—Buenas noche, conde Bonícula —dijo Pete sarcásticamente, en lo que, me pareció, trataba de ser un acento de Transilvania. Puedo equivocarme, pero creo que vi un breve aleteo en la caja.

—Buenas noches, Harold. Buenas noches, Chester.

Le lamí la cara a Toby.

—Buenas noches, apestosillo Harold. Buenas noches, bobo Chester.

Restregué el hocico en el pie de Pete.

—Mamá, ¡Harold me baboseó el zapato!

—¡Buenas noches, Pete! —dijo la señora Monroe con gran firmeza al regresar a la sala y luego, más calmadamente:

—Buenas noches, Harold. Buenas noches, Chester.

Los señores Monroe subieron juntos las escaleras.

—Sabes, amor —dijo el señor Monroe—, eso estuvo de lo más bien. Bonícula. Nunca se me hubiera ocurrido un nombre así.

—Oh, no sé, Robert.

Ella sonrió y le dio el brazo.

—Yo creo que Príncipe también es un nombre bonito.

La sala estaba en silencio. Chester todavía estaba echado cerca de la cocina, en estado de *shock*. Poco a poco se volteó a verme.

—Ojalá le hubieran puesto Fofoy —fue todo lo que dijo.

# Música en la noche

Creo que ya es hora de que sepan algunas cosas sobre Chester.

No es un gato común y corriente. (Pero ya ven ustedes que yo no soy un perro común y corriente, pues un perro así no estaría escribiendo este librito, ¿verdad?)

Chester llegó a la casa hace varios años, como regalo de cumpleaños del señor Monroe, junto con dos volúmenes de G. K. Chesterton (de ahí el nombre: Chester) y una primera edición de la *Historia de dos ciudades* de Dickens. Como resultado de esta introducción a la literatura, y puesto que el señor Monroe es profesor de literatura inglesa, Chester se aficionó muy joven a la lectura. (Yo, por mi parte, le tomé gusto al sabor de los libros; encuentro *Juan Salvador Gaviota* particularmente delicioso.) Desde la mininiñez de Chester, el señor Monroe lo ha usado como campo de pruebas para sus conferencias y sus clases. Si Chester no se duerme cuando el señor Monroe está hablando, la conferencia puede considerarse un éxito.

Cada noche, cuando la familia duerme, Chester se dirige al librero, selecciona su lectura de medianoche y se arrellana en su sillón favorito. Le gustan especialmente las historias de misterio y los cuentos de horror y de lo sobrenatural. Como resultado, ha desarrollado una imaginación de lo más vívida.

Les digo esto porque creo que es importante que sepan ustedes algo sobre los antecedentes de Chester, antes de que les cuente la historia de los acontecimientos que siguieron a la llegada de Bonícula a nuestro hogar. Permítanme empezar con la primera noche.

Parece que después de que me fui a dormir, Chester, todavía furioso por su leche perdida, se instaló en su último libro y trató de ignorar los gruñidos de su estómago. La sala estaba a oscuras y en silencio. Esto no impedía su lectura, por supuesto, porque, como saben ustedes, los gatos pueden ver en la oscuridad. Un rayo de luz de luna cruzó la caja del conejo y se derramó sobre el piso. El viento y la lluvia habían cesado y, como Chester leía *La caída de la casa Usher*, de Edgar Allan Poe, se puso cada vez más atento a la calma inquietante que poco a poco empezaba a reinar. Como dice Chester, de pronto se sintió impulsado a mirar al conejo.

—No sé lo que me pasó —me dijo a la mañana siguiente—, pero un escalofrío me recorrió el lomo.

El conejito se había empezado a mover por primera vez desde que lo pusieron en la caja. Levantó su naricilla e inhaló profundamente, como si juntara alimento de la luz lunar.

—Replegó las orejas y las pegó a su cuerpo y por primera vez

—dijo Chester— le noté una marca rara en la frente. Lo que parecía una mancha negra, común y corriente, entre las orejas, tomó una extraña forma de V, que se conectaba con el gran manchón negro que le cubría el lomo y ambos lados del cuello. Parecía como si llevara un abrigo.

A través del silencio vagaban los sonidos de una música distante y exótica.

—Hubiera jurado que era un violín gitano —me dijo Chester—. Pensé que tal vez iba pasando una caravana, así que corrí hacia la ventana.

Recuerdo que mi madre me dijo algo sobre caravanas cuando era yo un cachorrito. Pero juro y rejuro que no recuerdo qué era.

—¿Qué es una caravana? —pregunté, sintiéndome un poquito estúpido.

—Una caravana es una tribu de gitanos que viajan a través de los bosques en sus carretas —contestó Chester.

—Ah, sí —ya empezaba yo a recordar—. ¿Son como unas camionetas?

—¡No, son carretas, cubiertas de lona! Los gitanos viajan por toda la tierra, poniendo campamentos alrededor de grandes fogatas, haciendo trucos de magia y, algunas veces, si les das algo de plata, te dicen la suerte.

—¿Quieres decir que si les doy un tenedor, me van a decir la suerte? —pregunté, sin aliento.

Chester me miró con desdén.

—Guárdate tus cubiertos —me dijo—. Después de todo, no era una caravana.

Me desilusioné.

—¿Qué era? —pregunté.

Chester me explicó que cuando se asomó por la ventana, vio al profesor Mickelwhite, nuestro vecino de al lado, tocando el violín en su sala. Escuchó durante unos momentos la cautivadora melodía y suspiró con alivio. "Tengo que dejar de leer estas historias de horror tan tarde en la noche —pensó—, me están empezando a afectar la cabeza." Bostezó y se dio vuelta para regresar a su sillón y dormir un rato. Al volverse, sin embargo, se estremeció con lo que vio.

A la luz de la luna, la música se filtraba por el aire. El conejo estaba sentado con un aura ultraterrena alrededor de los ojos, que miraban intensamente.

—Ahora viene la parte que no me vas a creer —me dijo Chester—, pero, al mirarlo, sus labios se partieron en una sonrisa macabra, y donde debían estar los incisivos del animalito, brillaban dos colmillos puntiagudos.

Yo no sabía qué pensar de la historia de Chester, pero por la manera en que la contó, se me pusieron los pelos de punta.

# Algunos acontecimientos inusuales

Los siguientes días pasaron sin novedad. Yo estaba muy aburrido. Nuestro recién llegado dormía todo el santo día, y Chester, cuya curiosidad se había despertado por el extraño comportamiento del conejo aquella primera noche, decidió quedarse despierto todas las noches para observarlo. Debido a eso, también se pasaba casi todos los días dormido. Así que yo no tenía con quién hablar.

Las noches no eran mejores. Toby y Pete, que acostumbraban ponerse a jugar conmigo en cuanto llegaban de la escuela, ahora corrían inmediatamente a la jaula de ese tonto conejo para jugar con él. O al menos lo intentaban. Bonícula no era un compañero de juegos muy animoso. Le tomaba un buen rato despertarse cada noche y, entonces, cuando se despertaba, no hacía más que pegar saltitos por toda la sala. No jugaba a recoger las cosas que le lanzaban, ni a tirarse patas arriba para que le rascaran la barriguita. Yo no podía entender por qué jugaban con él. Yo creo que porque era nuevo y diferente. Pero confiaba en que pronto se cansarían y regresarían con el viejo Harold.

Finalmente, a la mañana del cuarto día, me encontré a Chester con los ojos vidriosos ante su plato de agua. Me gruñó de la manera más chocante.

—Sabes, Chester, nunca has sido exactamente encantador en las mañanas, pero últimamente te estás poniendo de plano insoportable —a modo de respuesta, Chester refunfuñó—. ¿Para qué estás haciendo todo esto? ¿Qué buscas? No es más que un conejito simpático.

—¡Conejito simpático! —Chester estaba asombrado de mi análisis de personalidad—. Eso es lo que tú crees. Es un peligro para esta casa y para todos sus habitantes.

—¡Vamos, Chester! —dije con una sonrisa indulgente—. Creo que tus lecturas se te subieron a la cabeza.

—Precisamente porque leo, sé lo que estoy diciendo.

—Bueno, pero, ¿de qué estás hablando? Todavía no lo entiendo.

—No estoy seguro todavía, pero sé que hay algo raro en este conejo. Por eso tengo que estar alerta.

—Pero nada más mírate: estás rendido. Duermes todo el tiempo. ¿Cómo quieres estar alerta?

—Estoy despierto cuando es importante. Él duerme todo el día, así que yo duermo todo el día.

—Dime entonces qué has visto desde esa primera noche que tanto te inquietó.

—Bueno… —dijo Chester—, yo, eh… es decir que…

En este punto, Chester empezó a lamerse la cola: es la manera que un gato tiene de cambiar un tema incómodo. Luego se dirigió trastabillando y adormilado a la sala.

—¿Y…? —pregunté otra vez, mientras lo seguía—. ¿Qué has visto?

—¡Nada! —contestó cortante, y procedió a enroscarse en su sillón, dispuesto a dormir. Después de un rato, abrió un ojo—. Pero eso no quiere decir que no haya nada que ver.

Las siguientes mañanas fue la misma rutina. Me disponía a un buen retozo por la sala y Chester se dormía. Pete y Toby estaban en la escuela. El señor Monroe estaba en la universidad (de todas maneras no retozaba mucho conmigo) y la señora Monroe estaba en la oficina.

No había nadie con quien jugar. Pobre Harold, abandonado.

Al principio creí que podría hacer amistad con Bonícula y enseñarle unas cuantas proezas. Pero nunca pude despertarlo. Siempre se despertaba ya cerca de la puesta del sol, cuando yo me disponía a echar una siesta. Un conejo, concluí, es lindo para ver, pero en general es un inútil, especialmente como compañero de un perro. Así que cada día me retiraba a la alfombra con mi zapato favorito para roerlo a gusto.

Ahora bien, algunas personas (especialmente los señores Monroe) no pueden entender mi gusto por los zapatos y me gritan cuando me meriendo uno. Pero yo digo siempre que en gustos se rompen géneros. Por ejemplo, recuerdo una noche en que el señor Monroe sacó una de esas bolas de dulce agrio, muy verde, del tazón que está junto a su sillón y la dejó caer al piso. No se dio cuenta de que rodó por el cuarto y se detuvo junto a mi nariz. Decidí que era la oportunidad perfecta para probar una. La puse en mi boca y… ojalá nunca lo hubiera hecho. Las lágrimas empezaron a rodar de mis ojos y pensé: "¿Qué le pasa a mi boca? ¡Se está poniendo al revés!"

El señor Monroe notó inmediatamente que algo había pasado.

—¿Qué pasa, Harold? ¿Andas buscando a quién besar?

"¡Auxilio, socorro!", quería yo gritar, pero todo lo que me salió fue un sonido así como *auuuuuu*. Estuve haciendo *auuuuuu* por varios días.

Así que, digo yo, ¿cómo alguien a quien le gustan las verdes bolas de dulce agrio puede criticarme por preferir un lindo mocasín o una chancla vieja?

Pero de regreso a nuestro tema principal: una mañana, Chester tenía noticias.

—Ese conejo —me susurró por encima de nuestros tazones de comida— se salió anoche de su jaula.

—No seas ridículo —dije—. ¿Cómo podría traspasar el alambre? Mira lo chiquito que es.

—¡Eso es! No tuvo que traspasar ningún alambre. ¡Se salió de la jaula sin romper nada y sin abrir ninguna puerta!

Lo miré intrigado. Así que Chester me contó la siguiente historia:

—Mira, Harold —dijo—, no quiero que pienses que no soy un buen gato vigilante, pero después de un buen rato, anoche, me dio curiosidad por saber la hora. Fui al corredor y… ¿ya viste el nuevo reloj que compraron? ¿El grandote? ¿El que llega hasta el techo? Bueno, verás, tiene esta cosa en medio que se llama péndulo. Al principio, decidí dejarlo en paz. Se parecía a aquel carrete que amarraban a un hilo y colgaban del pomo de la puerta para que jugara yo con él, cuando era un minino. Cada vez que le daba a ese tonto carrete con mi pata, regresaba y me pegaba en plena nariz. Odiaba ese juguete. Así que, naturalmente, cuando vi éste, decidí no meterme con él. Vi la hora. Era medianoche. Me preparaba para regresar a la sala cuando algo me detuvo.

—¿La curiosidad? —me atreví a preguntar.

—Supongo que lo puedes llamar así. Prefiero pensar que fue el reto de lo desconocido. Me puse una pata en la nariz y estiré la otra para dar un buen golpe. Casi me rompo el brazo. Todavía me duele; mira qué hinchado está.

Me enseñó su patita. No vi nada anormal. Pero yo sabía que no tenía caso discutir con él.

—Oh, sí —dije—, se ve terrible. Debes sufrir horrores. Mejor te tomas hoy las cosas con calma.

Él cojeó dramáticamente; lo suficiente para desplegar su nueva dolencia, y continuó.

—Ni siquiera pude alcanzar el péndulo. Alguien le puso un vidrio enfrente y yo me enojé mucho. Ya me preparaba para regresar, pero al mismo tiempo no podía evitar ver cómo aquella cosa se movía de atrás para adelante, de atrás para adelante. De atrás para adelante... Era tan relajante verlo: antes de darme cuenta, ya me estaba despertando.

—¿Te dormiste? —pregunté incrédulamente.

—No pude evitarlo. Ni siquiera me enteré de lo que estaba pasando. Pero miré la carátula del reloj ¡y eran las doce y cuarenta y cinco! Me había dormido cuarenta y cinco minutos. Corrí a la sala, miré la jaula de Bonícula y estaba vacía. No me podía imaginar dónde andaba. Entonces noté una luz que venía de debajo de la puerta de la cocina. Me agaché, cazando la luz, cuando... *clic*. Escuché que la puerta del refrigerador se cerraba y la luz se apagaba.

—Debió ser el señor Monroe con su bocadillo de medianoche —sugerí.

—No, eso fue lo que yo pensé. Salté a mi sillón, me acurruqué rápidamente y mantuve un ojo abierto, fingiendo dormir. Lentamente, la puerta de la cocina rechinó y se abrió. Una cabecita se asomó y miró para todos lados a ver si no había moros en la costa. Entonces… ¿adivinas quién salió de ahí dando saltitos con una sonrisita bobalicona pintada en toda la cara?

—Bueno, yo creo que no era el señor Monroe —dije.

—No, a menos que use piyama de conejito y se vuelva muy pequeñín en la noche.

—¿Bonícula, entonces?

—Exacto. Por desgracia, no me había puesto en un lugar desde el que pudiera verlo regresar a la jaula. Y no quería dejarle saber que lo había visto, así que no me moví. Todavía no puedo imaginarme cómo pudo salir y regresar.

En ese momento, el señor Monroe bajaba las escaleras para hacer el desayuno.

Me pregunté si Chester no había soñado todo eso. Admitió que se había dormido y, como dije, tiene bastante imaginación. Pero yo ansiaba creer en el asunto. Es que no había habido muchas emociones en esta casa por varios días. Chester y yo tomamos nuestras posiciones debajo de la mesa de la cocina. No tuvimos que esperar mucho.

—¡Santa cachucha! —gritó el señor Monroe al abrir el refrigerador. Sacó de ahí una cosa blanca muy rara, extendió el brazo y se le quedó mirando—. Peter, ven acá.

—¿Qué pasa? —susurré.

—Ni idea —contestó Chester—. Parece un tomate blanco.

—Muy chistoso —dije, en el momento en que Pete llegaba a la cocina.

—Peter, ¿has estado jugando aquí con tu equipo de química?

—No, pa, ¿por qué?

—Pensé que esto podría ser uno de tus experimentos. ¿Sabes qué es?

—Caray, pa, eso parece un tomate blanco.

En ese momento, la señora Monroe y Toby se asomaron a la puerta.

—¿Qué es todo este escándalo? —preguntó la señora Monroe.

—Estábamos tratando de averiguar qué es esto.

Toby lo puso a la altura de sus ojos para poder examinarlo.

—Bien —dijo—, me parece que es un tomate blanco.

El señor Monroe lo miró con cuidado por largo rato.

—¿Sabes? —le dijo a su esposa—, de veras que parece un tomate blanco.

—Hay una manera de averiguarlo —dijo la señora Monroe, que siempre era la más práctica de todos—. Vamos a abrirlo para verlo por dentro.

Todos se juntaron alrededor de la mesa. Yo salté a una silla y, con todas esas emociones, nadie se dio cuenta de que tenía las patas sobre la mesa (lo cual, por decirlo así, no se permitía normalmente). Chester no tuvo tanta suerte.

—Chester, vete de la mesa —dijo la señora Monroe.

Chester saltó al hombro de Toby, donde se quedó a presenciar los acontecimientos.

La señora Monroe tomó el cuchillo más afilado y partió aquella cosa por el centro. Se abrió en dos mitades.

—Claro que es un tomate —dijo la señora Monroe—. Aquí están las semillas.

—Pero está todo blanco —observó Toby.

—Y miren —dijo Pete—, está seco.

—De veras —dijo el señor Monroe, levantando una de las mitades—. No tiene nada de jugo. Bueno, Ann, ¿qué piensas?

—Se pudrió, supongo, aunque nunca he sabido de un tomate que se ponga blanco. Ya está bien —dijo, limpiando la mesa—. Vamos a tirarlo y a desayunar. Y, Harold, quita las patas de la mesa.

Diablos.

Chester saltó del hombro de Toby y me indicó que lo siguiera a la sala.

—Será mejor que me digas algo importante —dije—. Están preparando tocino.

—Un tomate blanco. Muy significativo —murmuró Chester.

—Nada más es un tomate blanco —dije, buscando mi camino de regreso a la cocina—. ¿Qué tiene que ver eso con Bonícula?

—Te puedo decir una cosa —dijo Chester—. Me fijé bien en el tomate. Había unas marcas muy sospechosas en la cáscara.

—¿Y entonces?

—Creo que son huellas de dientes.

—¿Y entonces?

—Entonces esta noche voy a releer un libro que leí el año pasado.

—Fascinante —dije; el aroma del tocino frito se paseaba frente a mis narices—. ¿Y qué libro va a ser?

—¡*La marca del vampiro*!

—¿Qué? —me detuve de repente.

—Encuéntrame esta noche después de que los demás se hayan ido a dormir. Échate una siesta para que puedas quedarte despierto.

Chester cerró los ojos. Me volví para mirar a Bonícula, que parecía dormir en su jaula. Una sonrisilla se le dibujaba en los labios. ¿Un sueño feliz?, me pregunté. ¿O sería otra cosa?

Mi divagación fue interrumpida por el crujir del tocino frito.

Llegué a la cocina como de rayo.

# Un gato se prepara

Por poco no llego a mi cita con Chester aquella noche. Toby tenía un festín en su cuarto. Era noche de viernes y en esas noches de viernes Toby consigue quedarse despierto hasta tarde y leer cuanto quiera. Así que, desde luego, necesita mucha comida para estar fuerte. Buena comida; por ejemplo, galletas de queso, pastelillos de chocolate (mis favoritos, con relleno de crema, *¡mmmmm!*), pretzels y emparedados de crema de cacahuate. No puedo con éstos porque siempre se me pegan en la boca. Sin embargo, los pastelillos de chocolate con relleno de crema son otra historia.

Esta noche, en especial, me estacioné en la panza de Toby.

Acostumbro ser más sutil, pero como me perdí el tocino del desayuno, no iba a correr ningún riesgo con los pastelillos de chocolate (con relleno de crema).

Toby se dio cuenta de lo que yo quería. Pero a veces se hace el chistoso y juega conmigo.

—Hola, Harold, te apuesto que quieres un emparedado de crema de cacahuate, ¿no? Toma, aquí tienes uno que sobró ayer; mientras, yo me como este aburrido pastelillo de chocolate, tan rico y fresco y con relleno de crema. ¿Sí, Harold?

*Ja, ja.* Me desternillo de risa.

—¿Qué pasa? ¿No quieres el emparedado de crema de cacahuate? Está bien, lo guardaré otra noche. Ah, pero aquí hay algo que te va a gustar. Es una bola de dulce agrio del tazón de mi papá, que se me quedó pegada al calcetín. ¿Te gustaría, cuate?

Ay, el niño estaba pesado esta noche.

—¿No? Te daría uno de mis pastelillos, pero ya sé cuánto te choca el chocolate.

¿Si me acurruco en tu panza podré convencerte?

—Ajá, ¡te gusta el chocolate! Entonces, toma dos.

Debo decir una cosa sobre Toby. Aunque tiene un pésimo sentido del humor, es un niño simpático. Naturalmente, cuando me comí los dos pastelillos (lo que me llevó aproximadamente cuatro segundos), me sentí obligado a quedarme un rato para hacerle saber a Toby que estaba agradecido. ¿Qué mejor manera que compartir unas cuantas de sus galletas de queso?

—Bien, Harold —dijo Toby al cabo de un rato—, hemos tenido una linda fiesta, pero ahora tengo que dormirme. No puedo mantener los ojos abiertos, así que tendré que esperar hasta mañana para saber qué pasa en el siguiente capítulo. Éste es un buen libro, Harold. Se llama *La isla del tesoro* y lo escribió un hombre llamado Robert Louis Stevenson. Es medio difícil de leer. Tengo que buscar las palabras raras en el diccionario, así que me está tomando mucho tiempo leerlo.

Yo también he tenido siempre problemas con las palabras. La mitad del tiempo no significan lo que creo que van a significar, y entonces, aun después de que descubrí lo que significan, lo olvido al día siguiente. Dirán que soy listo, pero no del tipo erudito.

—Pero es una historia muy buena —continuó Toby—. Es sobre piratas y sobre este niño, que es como yo.

¿Sin perros?

—Y un loro, Harold.

¿Un loro? ¿Qué es un loro? ¿No hay nada sobre pastelillos de chocolate? Ésa es mi idea de un tesoro.

—Bueno, Harold, buenas noches. Si vas a dormir aquí, te tienes que quitar de mi panza porque ahora está un poquito llena.

Buenas noches, Toby.

Me acurruqué al pie de la cama, pero no pude dormir tratando de averiguar qué era un loro. Pensé que podría ser una mujer pirata, porque las palabras me sonaban a eso, pero luego pensé que sería un paraguas. Chester tendría que saber, pensé, así que bajé las escaleras para preguntarle.

—Caray, te tardaste —me regañó Chester cuando entré, como si nada, en la sala—. Terminé mi libro hace media hora. ¿Dónde andabas?

—Ocurre que estaba discutiendo grandes obras literarias con Toby.

—¿Desde cuándo el envoltorio de los pastelillos se considera una gran obra literaria?

Decidí no hacerle caso. Por desgracia, varias migas de pastelillo de chocolate se me cayeron del hocico en ese preciso momento.

—En realidad —dije, tratando valientemente de recuperar mi dignidad—, estábamos hablando sobre *La isla del tesoro*. ¿Has oído de este libro?

—¿Que si he oído? —replicó—. Lo leí cuando era un minino.

—Oh. Entonces dime, ¿qué es un loro?

Chester me miró con sorna.

—Un loro —dijo— es un ave tropical cigodáctila (orden de los psitácidas) con plumas de colores vivos, pico corto, alto y muy encorvado y un imitador excelente. En otras palabras, Harold, un loro es un pájaro chiquito con una boca grandota.

—Ajá —dije después de un momento—. Pensé que quizá era un paraguas.

—¿Estabas tan ocupado discutiendo de loros con Toby que

se te olvidó que tenías una cita conmigo? Esto es importante, Harold.

Yo todavía no estaba seguro de lo que era un loro, pero decidí que no era hora de averiguarlo.

—Ven acá —ordenó Chester, indicando su sillón— y déjame mostrarte este libro.

Miré el sillón. Chester ya estaba ahí, sentado y con un libro muy grande abierto ante él.

—No creo que haya espacio para los dos, Chester —dije.

—Vamos, ándale, estás perdiendo el tiempo. Nada más salta.

Estudié cuidadosamente la escena. Me di cuenta de que debía tomar vuelo porque sólo había un lugarcito y no podía yo caber si me subía con toda calma. Aparentemente, me estaba tomando demasiado tiempo, para el gusto de Chester.

—¿Vas a subir o no? —dijo impaciente.

—Está bien, si eso es lo que quieres.

Corrí y salté al sillón, aterrizando con un cataplum.

—Chester, ¿dónde estás? —grité.

No podía ver nada, solamente el respaldo del sillón. Se me había olvidado darme la vuelta.

—Estoy aquí, menso.

Volví la cabeza.

—¿Qué haces en el suelo? —pregunté.

—Me tiraste del sillón. Ahora, no te muevas. Voy a subir otra vez.

Me moví hacia el respaldo del sillón y Chester aterrizó en la parte de enfrente.

—Ahora sí —dijo—, vamos a ver, los dos tenemos que mirar el libro. Tú vienes para acá y yo me muevo para allá.

No sé si les ha tocado ver un gato tratando de decidir dónde sentarse, pero eso significa dar muchas vueltas, sentarse, levantarse otra vez, dar más vueltas pensando en ello todo el tiempo, acostarse, levantarse, lamerse la pata o la cola y… ¡dar más vueltas! Un perro, por su lado, se sienta y ya. "Éste parece un buen lugar", se dirá un perro. Entonces inclinará su cuerpo hacia el lugar elegido y, por lo general, afianzado en su decisión, se quedará dormido de inmediato.

Chester se tardó como unos veinte minutos en acomodarse y justo en el momento mismo en que yo empezaba a dormitar, comenzaron las pataditas.

—Por favor, Harold, deja de ocupar todo el sillón. Y ya despiértate. ¿Qué te proponías? ¿Echarte una siestecita de gato? *Ja, ja, ja.*

Yo bostecé.

—Ahora sí —dijo Chester volviendo al libro—, a nuestro asunto.

—¿Qué traes exactamente entre manos? —pregunté.

—Este libro y ese conejo —replicó Chester—. Ahora dime, Harold, ¿no has notado nada curioso en el tal conejo?

—No —dije—, pero sí que he notado un montón de cosas raras en ti últimamente.

—Piénsalo bien. Ese conejo duerme todo el santo día.

—Yo también. Y tú también.

—Y aún más: tiene unos dientecillos bien afilados.

—Yo también. Y tú también.

—Más todavía: entra y sale de su jaula él solito. ¿Qué clase de conejo puede hacer semejante cosa?

—Un conejo listo —dije—. Yo podría hacerlo.

—No estamos hablando de ti, Harold. Estamos hablando del conejo. Ahora dime, ¿dónde lo encontraron?

—En el cine.

—Sí, pero, ¿viendo qué película?

—*Drácula* —dije—, ¿y eso qué?

—Eso es —dijo él rápidamente—. ¿No recuerdas la nota que llevaba colgada del cuello? ¿En qué idioma estaba escrita?

—En un oscuro dialecto de la región de los Cárpatos —contesté muy satisfecho. Él no lo sabía todo.

—Ajá —dijo Chester—, pero, ¿qué área de la región de los Cárpatos?

¿Área? ¿Qué es un área? Me le quedé mirando estupefacto.

—¡Transilvania! —exclamó en tono triunfal—. Y eso prueba mi teoría.

—¿Cuál teoría? ¿De qué estamos hablando?

—¡Y no te olvides del tomate blanco! ¡Es lo más importante de todo!

—Pero, qué…

—Este libro —dijo Chester, sin hacerme caso— nos dice exactamente todo lo que necesitamos saber.

—¿Qué? —prácticamente pegué un grito—. ¿Qué nos dice? ¿Qué tiene que ver este libro con Bonícula? ¿De qué estás hablando? ¿Qué está pasando aquí? ¡Ya no lo soporto!

Chester me miró con frialdad.

—Eres muy emotivo, Harold, de veras. Eso no está bien para tu presión.

Puse mis patas alrededor de su cuello.

—Dime —dije en voz baja, con un tono amenazante— o te exprimo hasta los huesos.

—Bueno, bueno, no te pongas así. Mira, este libro te dice todo lo que querías saber sobre los vampiros, pero temías preguntar.

Personalmente, yo nunca he querido saber nada sobre vampiros, pero, en ese momento, me daba miedo decírselo a Chester.

—Todavía no entiendo qué tienen que ver aquí los vampiros con nuestro amiguito peludo.

—Número uno —dijo Chester—, los vampiros no duermen de noche. Solamente duermen de día. Lo mismo pasa con este conejo. Número dos, los vampiros pueden salir y entrar de cuartos cerrados con llave. Bonícula entra y sale de su jaula, que está cerrada con llave.

Esto me estaba empezando a interesar.

—¿No dijiste algo sobre el refrigerador?

—Por supuesto. Abrió el refrigerador... él solo. Número tres, los vampiros tienen dientes largos y afilados. Se llaman colmillos.

—Pero, ¿no tenemos nosotros colmillos?

—No. Tenemos caninos, que es diferente.

—¿Qué es lo diferente?

—Los colmillos son más afilados y los vampiros los utilizan para morder a la gente en el cuello.

—¡*Ug*! ¿A quién se le antoja hacer eso?

—A los vampiros. A ellos.

—Un momentito. Una vez vi a la señora Monroe morderle el cuello al señor Monroe. ¿Eso quiere decir que ella es vampiro?

—Ay, muchacho, eres un bobo. Ella no es vampiro. Es una abogada.

—Muerde cuellos.

—No creo que sea la misma cosa. Ahora bien, Bonícula no muerde a la gente en el cuello. Al menos, no lo ha hecho hasta ahora. Pero muerde verduras...

—¿En el cuello? —pregunté.

—Las verduras no tienen cuello, Harold. Las verduras son así. Es como los perros. Los perros no tienen sesos. Los perros son así.

—¿Ah, sí? —dije—. Por supuesto que muerde verduras. Todos los conejos muerden verduras.

—Las *muerde*, Harold, pero no se las come. Ese tomate estaba todo blanco. ¿Qué quiere decir eso?

—Eso quiere decir... ¿que pinta verduras? —me atreví a preguntar.

—Eso quiere decir que muerde las verduras para hacerles un hoyo y luego chuparles todo el jugo.

—¿Pero entonces qué pasa con toda la lechuga y las zanahorias que Toby le ha estado poniendo en su jaula.

—Ajá, ya verás —dijo Chester—. ¡Mira esto!

Y al decirlo, metió la pata debajo del cojín del sillón y sacó muy orgulloso una retahíla de objetos blancos de lo más raro.

Unos parecían pañuelos sin planchar y otros… bueno, los otros no se parecían a nada que yo hubiera visto antes.

—¿Qué son? —pregunté.

Chester sonrió.

—Lechugas y zanahorias —dijo—. Lechugas y zanahorias *blancas*. Las encontré escondidas detrás de la jaula.

Yo estaba horrorizado. ¿Qué significaba todo eso? ¿Tenía razón Chester? ¿Era un vampiro esa pelotita de algodón de apariencia tan inofensiva? En ese preciso momento, Chester lanzó un aullido.

—Mira —dijo—, la jaula está vacía de nuevo. ¡Ay, somos unos tontos, unos tontos! Lo dejamos escapar. Es tu culpa.

—¡Mi culpa! Tú eres el que se tardó veinte minutos en sentarse.

—Si tú no me hubieras tirado del sillón, para empezar…

—Un momento, ¿para qué estamos discutiendo? Vamos a buscar a Bonícula.

En ese momento escuchamos un *clic* en la cocina.

—El refrigerador —susurré.

Chester asintió. Saltamos del sillón y nos dirigimos con toda precaución hacia la puerta de la cocina.

—*Sshhh* —advirtió Chester innecesariamente mientras nos acercábamos con sigilo—, no hagas ningún ruido. No queremos que nos oiga acercarnos.

—Obviamente no —respondí.

La luz debajo de la puerta se apagó.

—Debe haber cerrado el refrigerador —dijo Chester—. Con calma, ahora.

Empujamos la puerta. La cocina estaba a oscuras y no se escuchaba nungún ruido.

—*Pssst,* Chester…

—¿Qué?

—No veo nada.

—Yo sí. Pero no lo veo.

—Es que no está.

Escuchamos una carrerita sobre el linóleo y nos volteamos a tiempo apenas para ver una colita blanca salir rumbo a la sala.

—Chin. Se nos escapó. Vamos, Harold, a ver si lo alcanzamos.

Chester se dirigió a la puerta.

—Espera, Chester, ¿qué hay ahí, en el suelo, junto al refrigerador?

Se dio la vuelta. Este nuevo objeto le interesó más que seguir a Bonícula.

—Déjame a mí —dijo—. Yo me encargo de esto.

Cruzó lentamente la cocina, con los músculos tensos y la mirada alerta. Cuando estaba como a quince centímetros, estiró la pata, cerró los ojos y trató de pegarle al objeto. No creo que haya hecho contacto.

—Acércate más —dije.

A Chester se le saltaron los ojos.

—¿Quién es el gato aquí? —preguntó—. Yo sé lo que hago.

Y procedió a pegarle al aire tres veces más.

—¿Qué es? —pregunté suplicante, con la garganta cerrada por el miedo.

—No sé todavía, pero sea lo que sea ya no está vivo.

—Caray, si te espero nos vamos a pasar aquí toda la noche.

Caminé valientemente hasta el objeto y lo olí.

—¿Qué dices? —preguntó Chester.

—Ni idea.

Chester se acercó más. Luego de un momento de análisis detenido, se estremeció.

Yo salté. Podía sentir mi corazón latiendo en mi pecho.

—Harold… —Chester tartamudeó.

—¿Qué, qué?

—Es…

—¿Sí ?

—Es…

—¿Qué es, Chester?

—Es un calabacín blanco.

# Chester entra en acción

A la mañana siguiente, un grito me despertó.

—¡Robert, Robert, baja pronto! ¡Hay algo raro en la cocina!

Por un momento, el pánico se apoderó de mí. Pensé que se había acabado la comida para perro. Pero luego recordé los acontecimientos de la noche anterior.

El señor Monroe bajó las escaleras dando saltitos.

—¡Chester, Chester! —grité—. ¿Viste al señor Monroe? La cara se le puso toda blanca. Fue Bonícula, ¿no?

—No —dijo con toda calma—, es crema para rasurar, menso.

Para entonces, las emociones en la cocina marchaban a todo vapor. La mesa estaba cubierta con las obras de Bonícula. Había frijoles blancos y chícharos blancos y calabazas blancas y tomates blancos y lechuga blanca y un calabacín blanco.

—¿Qué significa esto, Robert? —estaba diciendo la señora Monroe—. Ya me estoy preocupando. Un tomate es una curiosidad, pero esto se pasa de la raya.

—Algo debe andar mal en el refrigerador. Eso es. Está poniendo blancas todas la verduras.

—Pero, mira —dijo ella—, dejé estos tomates junto a la ventana y ahora están blancos también. Igual que esta calabaza que puse en el tazón de la mesa.

En ese momento, Pete y Toby llegaron a la cocina.

—¡Santa cachucha! ¿Qué está pasando?

—Oigan, a lo mejor es la plaga de las verduras, ¿no, ma?

—¿Puede ser eso, Robert? ¿Alguna vez oíste algo semejante?

—Bueno... eh... en realidad, no... es decir, he oído de plagas, pero nada como esto.

Chester se inclinó hacia mí.

—Esto será el cuento de nunca acabar si lo dejamos a cargo de ellos. Algunas veces los seres humanos pueden ser un poco lentos.

Empecé a contestarle, pero él ya se dirigía a la mesa.

—¿Cómo se llama tu amigo del Departamento de Agricultura?

—Oh, Tom Cragin.

—¿Podemos llamarlo y preguntarle si estamos haciendo algo equivocado?

—Es el DDT, ma —intervino Peter—. Yo sé de esto. Es porque compramos verduras que no son orgánicas.

—Todas las verduras son orgánicas, Peter —contestó la señora Monroe.

—Eso no es lo que dice mi maestra. Mira, Toby, te dije que esto iba a pasar. Están usando productos químicos en nuestra comida y si no te cuidas vas a ponerte blanco también.

—¿Como mi papá?

—Robert, ¿te quieres quitar la crema para rasurar de la cara, por favor?

—Ah, sí, claro. ¿Dónde está mi toalla? Estoy seguro de que la traía conmigo.

A todo esto, ¿dónde andaba Chester? Vi que iba hacia la mesa, pero le perdí la pista porque me puse a oír toda esa cháchara sobre el DDT. Nada más espero que no usen ninguna de esas cochinadas donde cultivan los pastelillos de chocolate.

—Pete, ¿tú tomaste mi toalla?

—¿Para qué la quiero, pa? Yo no me rasuro.

En ese momento, se abrió la puerta. No di crédito a mis ojos. Ahí estaba Chester, con la toalla del señor Monroe sobre el lomo y amarrada debajo del cuello como una capa. Eso ya era bastante extraño, pero tenía en la cara una expresión que me heló los huesos. Tenía los ojos muy abiertos y miraba fijamente. Las comisuras de la boca se le estiraban como en una sonrisa malvada. Enseñaba los dientes, que brillaban en la luz de la mañana. Era como si se riera amenazadoramente de todos, echando la cabeza hacia atrás. Pensé que se había vuelto totalmente loco.

—¡Ahí está mi toalla! ¿Qué pasa, Chester? ¿Tenías frío?

El señor Monroe se agachó para quitarle la toalla a Chester. Antes de que pudiera tocarlo, Chester se echó de espaldas, cerró los ojos y dobló las patitas sobre su pecho. Era una escena macabra. Luego abrió los ojos, extendió las patitas y... lentamente... levantó... la cabeza... con los ojos vidriosos y la mirada vacía. Se siguió levantando, todo con mucha suavidad, hasta que terminó sentado.

—Oye, pa, ¿dejaste anoche tu vaso de brandy por ahí? Chester está portándose medio raro.

—Hijo, los gatos son criaturas medio chistosas.

Miré a Chester. No se veía nada divertido.

—*Psst*, Chester. ¿Qué te pasa?

—Soy un vampiro, menso. ¿No te das cuenta? Estoy tratando de advertirles.

—Está bien, pero no está sirviendo de nada. Mejor piensa en otra cosa.

Chester frunció el ceño, pensando intensamente, por lo visto.

—Mira, Toby —explicaba el señor Monroe—, cada gato es un individuo, como la gente. Quizá quiere llamar nuestra atención. ¿No es cierto, gatito-miau?

Cualquier otro día, Chester se hubiera ido de ahí al oír que le decían gatito-miau, pero ahora estaba absorto en sus ideas.

—Bueno, Chester, ya dame mi toalla.

El señor Monroe caminó hacia Chester. Los ojos de Chester se encendieron. Me miró y se sonrió. Sentí que no me iba a

gustar lo que se traía entre manos. Estaba yo jugando con la idea de escurrirme debajo de la mesa cuando Chester me clavó los ojos. Qué profundos eran, como dos estanques negros. Me sentí flotando, perdido en ellos, sin voluntad propia. Sentí una necesidad inexplicable de murmurar: "Sí, mi amo", cuando lo vi caminar lenta y decididamente hacia donde yo estaba. Mientras se acercaba, sentí que no podía moverme. Se detuvo frente a mí, sin quitarme los ojos de encima, y se abalanzó.

—¡*Aiiich*!

—¡Mami, Chester mordió a Harold en el cuello!

—Vamos, eso no fue una mordida de verdad, ¿eh, Chester? Fue una mordidita de cariño. ¿No es lindo?

Mordidita de cariño, ¡cómo no! ¡Dolió!

—¡Chester!, ¿qué te pasa? —farfullé—. ¿Parezco un tomate?

—Oh, ya qué importa, Harold. No entienden nada. ¿Cómo pueden los seres humanos leer los mismos libros que yo y aun así ser tan torpes?

Nuestra conversación fue interrumpida. La señora Monroe levantó a Chester y lo acarició. Yo nada más rogaba que no añadiera insulto a ofensa besándolo en la nariz, que es lo que Chester odia más que nada en el mundo.

—Pobre Chester, ¿te hace falta un poquito de cariño? ¿Sabes lo que voy a hacer, tú, bola de peluche?

Ay, ya sabía yo lo que se venía.

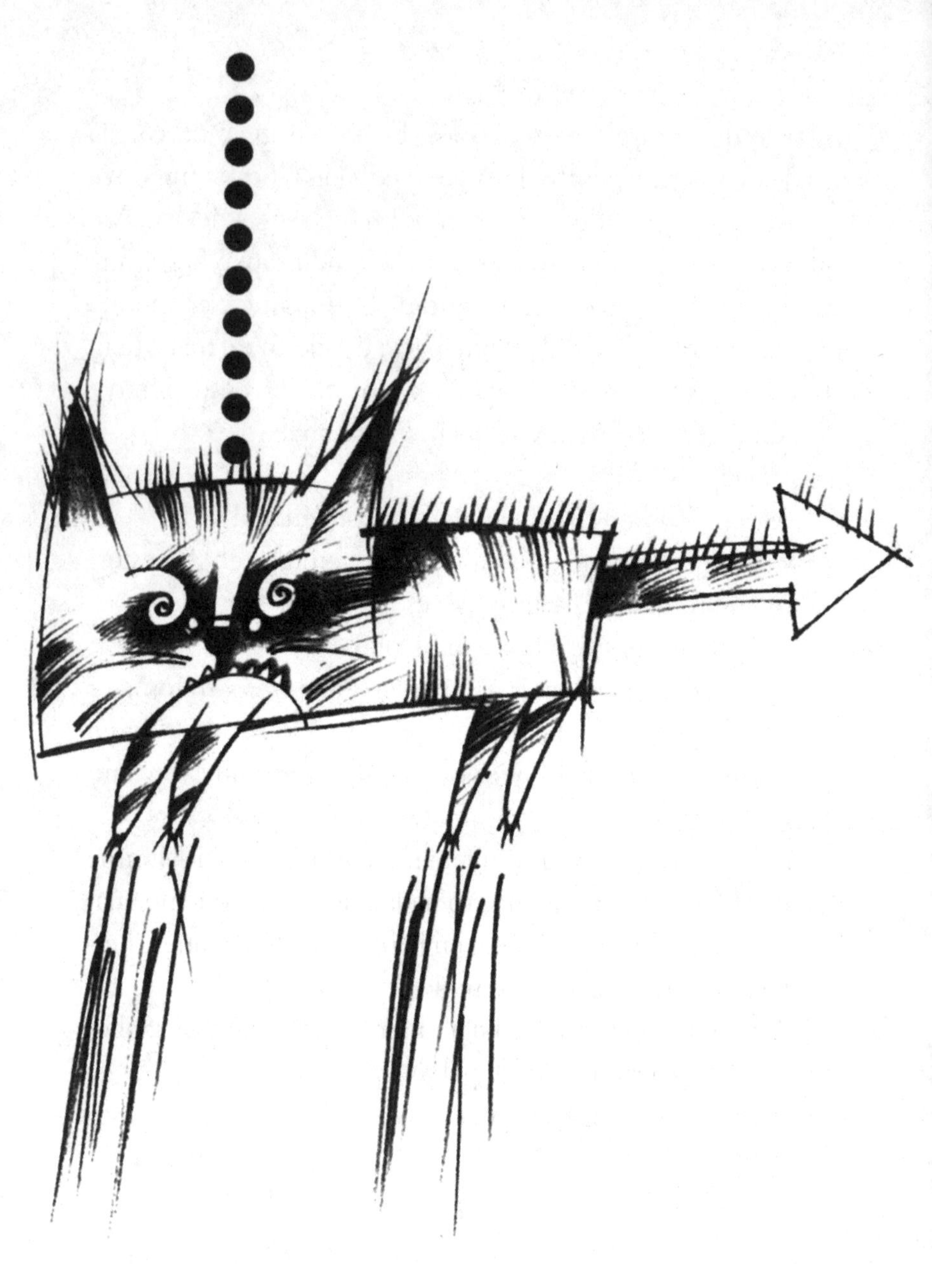

—Te voy a dar un beso en la naricilla.

Sipi, es lo que veía yo venir. Chester sabía que no tenía caso resistirse. Así que se aflojó todo en brazos de la señora Monroe. El señor Monroe le quitó su toalla a Chester.

—Todavía no sé por qué anda por ahí con mi toalla puesta —dijo.

—Yo creo que tiene frío, amor. Aquí tienes tu toalla. ¿No sería bueno traerle su suéter de gato... —Chester desfallecía— para que lo use todo el día?

Mientras le abotonaban a Chester su suéter amarillo chillante (con ratoncitos color púrpura vestidos de vaqueros), el señor Monroe decía:

—¿Qué hacemos con esas verduras? ¿Le hablo a Tom Cragin?

—Sí, amor —dijo la señora Monroe—, ¿por qué no lo haces? Estoy segura de que debe haber una explicación. Mientras tanto, voy a hacer compras en otro mercado. Para ser sincera, estoy mucho más preocupada por Chester. Lo mejor será vigilarlo muy bien.

Chester y yo no hablamos hasta muy entrada la tarde. Yo me estaba curando el cuello y Chester estaba ocupado escondiéndose detrás del sofá, demasiado apenado de que lo vieran. Cuando por fin hablamos, fue una charla breve.

—Oye, Chester —le dije cuando por fin salió arrastrándose de allá abajo—, no tenemos por qué preocuparnos más de conejitos vampiros. Todo lo que tienes que hacer es pararte enfrente de su jaula con ese suéter y lo vas a matar de risa.

Chester no estaba divertido.

—Está bien, ríete. Todos ustedes ríanse. Nadie entiende. Traté de advertirles, pero no hacen caso. Ahora yo mismo me voy a encargar del asunto.

Diciendo lo cual, Chester y sus dieciséis ratones color púrpura se dirigieron a la cocina a cenar.

# Harold ayuda

Esa noche dormí muy inquieto. Ruidos extraños llegaban de allá abajo. Eran como rasguños sobre el suelo. Debía ser Bonícula haciendo su ronda noctura, pensé, aunque nunca lo escuché hacer ningún ruido. Y además olía a algo muy raro: algo familiar, aunque no podía identificarlo. La noche avanzaba y el olor se hacía más y más fuerte, hasta que al fin me hizo tales cosquillas en la nariz que me desperté con un estornudo. Salté de la cama de Toby, todavía olfateando, y bajé las escaleras rumbo a la sala para ver a Chester y preguntarle si olía lo mismo que yo.

El olor se hizo más intenso al acercarme a la sala. Ahí, junto a la puerta, estaba Chester con un extraño adminículo colgado del cuello.

—¡*Puag,* Chester! —dije—, ¿para qué traes colgada esa cosa horrible? Huele…

—Por supuesto que huele —contestó—. Mira, hice uno para ti. Póntelo.

—¿Estás loco? Esta cosa huele como a ajo.

—Es ajo —afirmó Chester, como si fuera la cosa más natural.

—¿Para qué andas con ajos? —pregunté, pensando que a estas alturas Chester era capaz de cualquier cosa. Al entrar en la sala, me tropecé con otro diente de ajo tirado en el umbral.

—Cuidado —dijo Chester—, fíjate por dónde caminas.

Inspeccioné la sala y vi que estaba sembrada de ajos. Las puertas, sobre las ventanas y alrededor de la jaula de Bonícula.

El pobre amiguito había enterrado la nariz debajo de su cobija.

Estaba yo a punto de seguir su ejemplo y regresar a la cama de Toby para enterrar la nariz debajo de las cobijas, cuando Chester me pescó de la cola con los dientes.

—Tú no te me vas de esta sala hasta que te pongas esto —me gruñó.

Creo que eso fue lo que dijo. No estoy seguro, porque tenía mi cola en la boca.

—Es falta de educación hablar con la boca llena, Chester. Suelta esa cola.

Los ojos me empezaban a lagrimear.

—Escúchame —dijo Chester con tono cortante (por suerte, primero soltó mi cola)—, el libro recomienda usar ajos.

—¿Qué libro? —pregunté yo—. *¿El placer de cocinar?*

Chester prosiguió:

—*La marca del vampiro* dice que el ajo inmoviliza a los vampiros.

—¿Qué quiere decir eso?

—Eso quiere decir que no pueden moverse si hay ajo alrededor.

—Bueno, pues te tengo una noticia, Chester. Yo tampoco puedo moverme. Ese olor me está matando...

—Pero te lo tienes que poner; así dice en el libro. Si no te lo pones tú, te lo pongo yo.

—Do, Shesded —dije, sintiendo cómo la nariz se me cerraba de pronto, sin querer—, bejod be boy de aguí.

Y me fui.

Me dio tales náuseas el tal aroma que decidí pasar las primeras horas de la mañana al aire libre. Conforme se acercaba el amanecer, se iba sintiendo que sería un día apacible. El cielo estaba claro, los pájaros cantaban y yo me sentía contento después de una noche difícil tirado en el pasto, sintiendo las catarinas subiendo por mis orejas. De pronto se rompió la calma. Gritos agudos, extraños, se dejaron oír desde la cocina. "No, no otra vez —pensé—. ¿Qué se puso blanco ahora?"

Esta vez era Chester. Ahí, en el fregadero, espumeante de jabón, estaba el detective felino, maullando a más no poder. La señora Monroe lo estaba restregando con todas sus fuerzas y, por el tono de su voz, estaba a la mitad de leerle la cartilla.

—No sé qué te picó, Chester. Nunca antes habías jugado con

el ajo. Yo creía que el olor te chocaba y ahora mírate nada más, tienes ajo por todos lados. Deja de retorcerte, se te va a meter el jabón en los ojos. Si quieres masticar algo, te doy un poco de calamento. ¡Pero no te metas con mis hierbas!

Luego lo enjuagó, lo secó con una toalla y lo instaló frente a la estufa para que terminara de secarse.

—Cierra la puerta —me dijo con voz chillante—, me estoy helando. Esa tonta mujer... ¿no sabe que los gatos nunca nos bañamos?

—¿Qué quieres decir? Yo me doy baños todo el tiempo —dije, cerrando la puerta con mi pata trasera.

—Eso es porque eres tonto y no te puedes bañar tú solo. Los gatos siempre se bañan solos, es la regla. Todo mundo lo sabe.

—Bueno, por lo menos aquí volvió a oler bien —olfateé mientras me instalaba junto a Chester, ante la estufa—. Y se siente tibiecito aquí en la cocina.

—Claro que huele bien otra vez —dijo él—, pero ahora la casa ya no está segura.

—¿Qué quieres decir? —pregunté, acercándome.

—Quiero decir que anoche funcionó. El ajo funcionó. Ninguna verdura se puso blanca, ¿o sí?

—No, pero...

—Eso quiere decir que Bonícula no se salió de su jaula anoche.

—Quizá estaba cansado —dije yo—, o estaba lleno.

—No seas ridículo —respondió—. Fue el ajo. No pudo salir de la jaula. Pero esta noche va a ponerse a merodear otra vez y tengo que encontrar una manera de detenerlo que no sea tan olorosa.

Los señores Monroe se apuraban; entraban y salían de la cocina, pasando por encima de nosotros. Se les hacía tarde para el trabajo. La señora Monroe le gritaba a Toby:

—¡No se te olvide sacar el bistec del congelador cuando llegues a casa, Toby, y dejarlo sobre la mesa para que se descongele! ¡Y esta vez acuérdate de ponerlo sobre un platón!

La orejitas de Chester se animaron.

—¡Pero claro! —dijo—, ya sé lo que voy a hacer.

Y pasó junto a mí con una sonrisa satisfecha.

La señora Monroe apagó la estufa y salió. Era todo demasiado complicado para mí, así que me puse a dormir en el piso de la cocina, suavecito y tibio.

Me despertó una mordida en la oreja. Chester estaba sentado junto a mí y parecía muy impaciente.

—Caray, no te despiertas con nada —dijo—. Te he estado gritando y dando empujones durante diez minutos.

—Estaba soñando —contesté, defendiéndome— con un lugar donde no hubiera gatos que molestaran a los perros simpáticos y los despertaran cuando más necesitan descansar.

—Luego puedes terminar de dormir —me dijo bruscamente—. Ahora tienes que ayudarme.

—¿A hacer qué? —pregunté.

—A sacar a Bonícula de la jaula.

Yo respingué.

—¡Sacarlo de la jaula! Creo que eso era precisamente lo que no querías. Creo que habías dicho que era peligroso. ¿Qué tal si me ataca?

—¿No te da vergüenza —replicó Chester— tenerle miedo a un inofensivo conejito?

—¿Inofensivo? Creo que habías dicho que era una amenaza para esta casa y todos sus habitantes. ¿No lo dijiste? ¿No hemos estado hablando de eso todo el tiempo?

—Es una amenaza, pero solamente de noche. De día es un conejo muy dormilón y por eso tenemos que hacerlo ahora, mientras haya sol. Sígueme —dijo—. No hay mucho tiempo. Toby estuvo largo rato aquí abajo y los otros no tardan en llegar. Caray, sí que debes estar cansado, Harold. Se te pasó el almuerzo por dormir.

Seguí a Chester hasta la sala. El corazón me latía desbocado en el momento en que Chester forzaba la puerta de la jaula con la pata. (Parecía que tenía años de experiencia forzando puertas.)

La puerta se abrió de par en par. Bonícula dormía apaciblemente. Sin embargo, se veía un poquito verdoso, probablemente por el ajo. Yo me preguntaba cómo puede un conejo ponerse verdoso, cuando Chester dijo:

—Muy bien, Harold, haz lo que te toca, mientras yo traigo de la cocina lo que necesito.

—Ajá, pero, ¿qué quieres que haga? No te puedo adivinar el pensamiento.

—Sácalo de la jaula, ponlo en el suelo y ahorita regreso —dijo Chester.

¡¿Qué, qué, qué?!

—¿Qué? —alcancé a decir—. ¿Cómo quieres que lo haga?

—Utiliza la cabeza —contestó. Y se fue.

Miré la jaula, y me di cuenta de que eso era precisamente lo que había que hacer.

Hasta ese momento, nunca me había enfrentado a la posibilidad de un contacto físico con un conejo de verdad, vivito y coleando. Este asunto no me hacía muy feliz. Me parecía recordar a mi abuelo diciéndome que un conejo se levanta por el cuello con los dientes. Esto fue lo que intenté, aunque la sola idea me revolvía el estómago. Metí la cabeza por la puertita y suavemente coloqué mis dientes en la piel del cuello conejil. Para evitar cualquier asomo de violencia (nunca he tenido vocación de cazador), preferí pensar que era yo la madre de la criatura y que lo estaba poniendo a salvo. Por desgracia, no lo podía llevar a ningún lado, porque una vez que metí la cabeza en la jaula ya no la pude sacar. No podía avanzar ni retroceder.

En ese momento, Chester apareció en la puerta, llevando en la boca lo que parecía definitivamente un lindo y jugoso bistec crudo. Se me salieron los ojos, mis dientes dejaron caer a Bonícula, se me abrió la boca y empecé a babear. Acuérdense que me había perdido el almuerzo.

—Chester, ¿qué haces con ese bistec?

—¿Todavía no lo sacas de ahí?

—No puedo salir y no lo puedo sacar. Se me atoró la cabeza.

—Oh, Harold, a veces me desespero. Vamos a ver, los voy a sacar. Debí hacerlo yo mismo —se acercó, soltó el bistec a unos centímetros de mí y se trepó sobre mis hombros—. Trata de sacar la cabeza mientras yo empujo la jaula.

—¿A quién le toca el bistec? —pregunté.

—No te preocupes por el bistec. Trata de sacar la cabeza.

—Me sentiría más motivado si supiera a quién le toca el bistec.

Chester no me hizo caso. Traté de sacar la cabeza. Él empujó. Sentí que algo hizo *¡pop!* Quedamos todos hechos bola: Chester, la jaula, Bonícula y yo. Cuando miré alrededor, Bonícula estaba tirado junto a mí, todavía profundamente dormido.

—Ahí tienes —dije—. Ya lo sacamos. Ahora, a comer.

—Qué va —dijo Chester—. Tienes que leerme esto para estar seguro de que estoy haciendo lo correcto.

Y me dio un libro. *Ese* libro, *otra vez.*

—Lee desde el principio de la página —dijo Chester, mientras recogía el bistec.

—¿Por qué no lees tú y yo sostengo el bistec?

—*Ggrrr* —contestó Chester.

Lo tomé como una orden para empezar a leer.

—"Para destruir al vampiro y terminar con su reinado de terror, es necesario clavar una estaca afilada..."

Chester interrumpió:

—¿Una estaca afilada? ¿No era un *bistec* afilado? —preguntó—. ¿Qué será?

—Pruebo el bistec y te digo si está "afilado" como una estaca —ofrecí.

—No importa. Con eso basta. Esto es solomillo. Sigue leyendo.

—"Clavar una estaca afilada en el corazón del vampiro. Esto ha de hacerse durante las horas del día, cuando el vampiro no tiene poderes."

—Bueno —dijo—, ahí está. Siento que tengamos que llevar las cosas tan lejos, pero si me hubieran hecho caso esto no habría sido necesario.

Arrastró el bistec por el suelo y lo puso encima del conejo dormido. Luego, empezó a martillear el bistec con sus patitas.

—¿Estás seguro de que esto es lo que hay que hacer, Chester?

—¿Le estoy dando cerca del corazón? —preguntó.

—Es difícil decirlo —le dije—. Lo único que puedo ver son su nariz y sus orejas. ¿Sabes?, es simpático...

A Chester le salió otra vez ese brillo en los ojos. Le estaba dando al bistec cada vez más fuerte.

—Ten cuidado —grité—, lo vas a lastimar.

Chester redobló su ataque. Ya me estaba preocupando cuando se abrió la puerta y lo señores Monroe aparecieron en la sala.

—¡Chester! —gritó la señora Monroe—. ¿Qué estás haciendo con mi cena? Robert, quítale ese bistec a Chester. ¿Y qué pasa con Bonícula? ¿Por qué está en el suelo?

El señor Monroe se llevó el lindo bistec. Le dije adiós con lágrimas en los ojos. Cuando la puerta de la cocina quedó abierta, Chester susurró con fría determinación:

—Muy bien, ¡el último recurso!

Y se lanzó rumbo a la cocina. Segundos después, regresó trayendo su tazón de agua entre los dientes. Corrió hacia Bonícula y con un aullido tremendo la arrojó hacia el conejo. Por desgracia, estaba tan histérico que el tino le falló completamente. Con el agua escurriendo de mis orejas, vi que la señora Monroe levantaba a Chester de la nuca y, sin ninguna consideración, lo echaba fuera.

—Robert, tenemos que hacer algo con este gato. Mira qué desastre. La cena se echó a perder, el pobre conejo está fuera de la jaula y Harold está todo empapado.

Yo traté de lucir tan triste como podía.

—Oh, pobre Harold —me arrullaba la señora Monroe mientras me secaba—. Has tenido un día difícil… tú y Bonícula. No sé qué le pasa a tu amigo. Pero a menos que aprenda a comportarse, tendrá que pasar las noches afuera.

Entre tanto, el señor Monroe ponía otra vez a Bonícula en su jaula y la jaula en la repisa de la ventana. No podía creer lo que veía cuando me di cuenta de que Bonícula seguía durmiendo.

—Ann —dijo el señor Monroe—, el bistec está arruinado.

¿Por qué no se lo damos a Harold? Se merece un regalo. ¿O no, mi viejo?

Lo agradecí muy emocionado.

Después de mi deliciosa cena, volví a las páginas del libro, que seguía abierto sobre el piso: "Otro método para destruir al vampiro es sumergir su cuerpo en agua. El cuerpo, entonces, se encoge y desaparece, mientras el vampiro emite un último grito de terror".

"*Fiu*, así que eso era lo que intentaba Chester", pensé. En buena hora falló. No me arrepentí de haberme perdido semejante escena.

Pobre Bonícula.

Miré por encima de la jaula y ahí, del otro lado de la ventana, vi una triste carita atigrada. Nos miraba con la naricilla pegada al vidrio. No lo pude escuchar, pero por el movimiento de los labios vi que se sentía muy abandonado. Pobre Chester.

En cuanto a mí, la señora Monroe se pasó la velada consintiéndome y la familia me trató muy bien toda la noche. Y, por supuesto, tuve mi rico bistec de cena. Así que no fue un día tan difícil, después de todo.

Pero, claro, ahora mi bistec se había acabado. Pobre Harold.

# Un (nuevo) amigo en apuros

En los días siguientes, la conducta de Chester fue ejemplar. Ronroneaba, se hacía querer y se limpiaba las patitas. Y se restregaba contra las piernas de todo el mundo para mostrar lo bueno que era. Yo estaba preocupado. Chester sólo actúa así cuando trae algo siniestro en mente. Pero no sabía qué podía ser.

Había intentado todo lo que decía el libro para deshacerse de los vampiros y sus esfuerzos habían fracasado. Pero yo sabía, por la expresión de su cara, que algo planeaba. Por supuesto, no sabía yo nada porque no me hablaba desde el incidente del bistec. Supongo que se dio cuenta de que yo no estaba tan empeñado en la destrucción del conejito vampiro.

De hecho, la criaturita me empezaba a caer bien.

Los Monroe se sintieron muy aliviados de que la conducta de Chester mejorara. No sabían cómo explicarse sus extraños actos pero, muy tolerantes, consideraban lo pasado, pasado. El único factor que perturbó nuestras vidas fue la reaparición, cada mañana, de las verduras blancas en la cocina. Y hasta eso, después de unos días, dejó de suceder y la vida volvió a la normalidad.

Una noche, fui a la jaula de Bonícula a platicar. Me di cuenta de que lo hacía cada vez con más frecuencia desde que Chester no me hablaba; por supuesto, Bonícula no me contestaba, pero sí que escuchaba con atención. Empecé a considerarlo un amigo —un amigo medio raro, la verdad— pero no siempre puede uno escoger a sus amistades. Esa noche me preocupó verlo arrastrando las orejas, como quien dice. Se veía cansado, abatido. Le toqué la nariz y la sentí más caliente que de costumbre. Me alarmé.

Corrí a donde estaba Toby, que hacía un rompecabezas en el suelo, y empecé a ladrar (algo que hago solamente en casos de extrema urgencia, puesto que ni a mí me gusta ese sonido).

—¿Qué sucede, Harold? —preguntó Toby sin moverse—. ¿Son los ladrones?

Corrí a la jaula y miré a Bonícula. Volteé a ver a Toby y gemí. Toby se confundió.

—¿Quieres jugar con Bonícula? ¿Lo saco de la jaula?

—*Guau* —respondí, indicando, según yo, que eso era precisamente lo que había que hacer.

—Le voy a preguntar a mis papás, Harold. Espérate aquí.

Regresó en un minuto, sacudiendo la cabeza.

—Lo siento, Harold, pero mi mamá dice que no puedes jugar con el conejo. Es mucho escándalo.

Bajé la mirada y gimoteé.

—Lo siento, Harold, quizá después, cuando estemos aquí todos juntos.

Miré a Bonícula, que a su vez me miraba a mí. Tuvo un escalofrío y casi me hizo llorar. Mi amigo estaba enfermo y yo no sabía qué hacer. Ojalá hubiera podido decirle a Chester, pero sabía que era inútil. Estaba demasiado enojado conmigo. Esta vez, tenía que arreglármelas solo.

Esa noche no pude dormir, preocupado por Bonícula. Decidí bajar y ver cómo estaba. Lo que vi cuando entré en la sala me horrorizó. Bonícula estaba fuera de su jaula, en el suelo; Chester, frente a él, con un diente de ajo colgado del cuello y las patas extendidas, le impedía el paso a la cocina. De repente, todo se explicaba. ¡Chester estaba matando de hambre a Bonícula! Claro, por eso se veía tan abatido y por eso las verduras ya no se ponían blancas. Chester no dejaba comer a Bonícula.

—¡Chester! —exclamé.

Chester pegó un gran brinco.

—¿Qué estás haciendo aquí abajo? —me preguntó ásperamente, en cuanto aterrizó.

—Sé lo que estás haciendo, Chester, y ya se te acabó la fiesta. Ese conejito no le ha hecho mal a nadie. Todo lo que hace es comer a su manera. ¿Qué te importa si se chupa unas cuantas verduras?

—¡Es un vampiro! —gruñó Chester—. Hoy, unas verduras. Mañana… ¡el mundo!

—Yo creo que más bien estás exagerando todo este asunto —sugerí con toda precaución.

—Regresa a la cama, Harold. Esto es más grande que cualquiera de nosotros dos. Puede parecer duro, pero sólo soy cruel por bondad.

¿Bondad con quién?, me preguntaba yo, mientras subía de nuevo las escaleras. ¿Con los tomates y calabacines del mundo? ¿Quizá con unas cuantas coles? Todo eso era absurdo.

Pero me di cuenta de que no iba a conseguir nada con Chester esta noche. Mañana, sin embargo, sería otra historia, y había tomado la decisión de que, de un modo u otro, mi amigo Bonícula volvería a comer a la puesta del sol del día siguiente.

# Desastre en el comedor

Me di cuenta de que no podía hacer nada por Bonícula durante el día, porque estaba dormido. Pero eso me dio tiempo para planear mi estrategia. Al principio, pensé que podría llevarle comida a su jaula, pero luego se me ocurrió que Chester debía estar quitándole todo lo que le llevaban. Pete y Toby dejaban casi siempre lechuga para Bonícula durante el día, cuando estaba dormido, y Chester, siempre vigilante, probablemente se la llevaba cada noche, justo antes de que el conejo despertara. No, tenía que haber otra manera.

Pensé y pensé toda la tarde y pude darme cuenta de que Chester había hecho un buen trabajo aislando a Bonícula de su comida. No podía pensar en una manera de derrotar el plan de Chester. La noche se acercaba y yo me ponía cada vez más ansioso. Pasé por el comedor… y vi la solución a mis problemas allí mismo, sobre la mesa. ¡Era una gran ensalada! Todo lo que tenía que hacer era llevar a Bonícula hasta la ensalada y dejarlo comer hasta saciarse antes de que llegara la familia. Con el chistoso aderezo blanco que usan, nunca descubrirían si unas cuantas verduras estaban blancas.

Me fui al corredor a ver el reloj. Seis y cuarto. Pasarían quince minutos antes de que el sol se pusiera y Bonícula se despertara. Yo necesitaría, entonces, al menos cinco minutos para llevarlo de su jaula a la mesa y darle de comer. Todo lo que necesitaba era asegurarme de que nadie entrara al comedor hasta que él terminara. Necesitaba unos buenos veinte minutos, por lo menos.

Regresé a la sala. Chester estaba dormido en su sillón de terciopelo café, soltando pelo, todavía exhausto de las actividades de la noche anterior. Subí las escaleras. Toby estaba leyendo en su cuarto el último capítulo de *La isla del tesoro*, según noté. Pete, que debía estar haciendo la tarea, oía discos en su cuarto.

Bajé corriendo a la cocina.

—Hola, Harold —dijo la señora Monroe cuando entré—. ¿Qué hay?

"Aparte de un conejo que se muere de hambre en la sala y un ataque inminente a la ensaladera, nada", pensé. Me puse a sus pies y suspiré. Me rascó la cabeza. Esto me dio un momento para cerciorarme de qué tan adelantada estaba con la cena.

—Lo siento, Harold —dijo—. Tengo que preparar este pollo.

Noté que al reloj del horno le quedaban todavía treinta y cinco minutos por delante. "Va a estar apretado —pensé—, pero puedo hacerlo." Ahora bien, ¿dónde está el señor Monroe?

Fui a la puerta principal y gimoteé ruidosamente. La señora Monroe me siguió.

—¿Esperas a papá, Harold? Ya no debe tardar.

Eso no me servía. ¿Cuánto se iba a tardar? Gimoteé otra vez.

—Paciencia, amiguito. Está en una reunión de la escuela. Va a llegar en cualquier momento.

Ella regresó a la cocina y yo vi el reloj. Seis y veinticinco. Estaba oscureciendo y Chester aún dormía. Era hora de entrar en acción.

Como había visto a Chester forzar la cerradura de la jaula y había participado en el infortunado incidente del bistec unos días antes, sabía que no tendría problemas para sacar a Bonícula. Sólo tenía que cuidarme de ver en donde colocaba mi propia cabeza, para no encontrarme en la humillante situación de atorarme por segunda vez. Mi cálculo de tiempo estaba perfecto. Con Bonícula balanceándose apaciblemente de mis dientes, me abrí paso furtivamente hacia el comedor mientras los últimos rayos de sol le cedían el paso a las sombras de la noche. Una vez traspuesta la puerta del comedor, Bonícula despertó, sumamente desconcertado. Después de todo, no ocurre todos los días que uno se encuentre al despertar colgado de las fauces de un animal (por muy amigable, cuidadoso y gentil que sea, como yo soy).

Bonícula abrió los ojos así de grandes y, como pudo, volteó a verme. Salté a la silla más cercana y puse al conejo a salvo en la orilla de la mesa.

—Muy bien —susurré—, ahí está tu cena. ¡Sírvete! Come cuanto puedas, pobre conejito. Yo vigilo.

No sé si Bonícula entendió cabalmente lo que pasaba, pero la vista de las verduras apiladas en el centro de la mesa lo impulsó decididamente en esa dirección. ¡Estaba muy hambriento!

Desgraciadamente (y como debí haberlo previsto), el sentido del tiempo de Chester era tan bueno como el mío. No bien Bonícula había alcanzado la orilla de la ensaladera, la puerta se abrió y Chester entró de un salto en el comedor. Inspeccionó la escena con verdadero frenesí. Yo me vi incapaz de actuar con suficiente rapidez. Al ver a Bonícula listo para disfrutar de sus primeros bocados en varios días, Chester saltó a través de la mesa, en apariencia sin tocar el suelo, las sillas o nada que hubiera entre él y nuestro amiguito peludo, y aterrizó directamente sobre el conejo.

—Oh, no, no lo vas a hacer —chilló.

Bonícula, sin saber qué hacer, saltó muy alto y aterrizó, con una gran explosión de cosas verdes, justo en el centro de la ensaladera. Lechugas y tomates y zanahorias y pepinos salieron volando por toda la mesa y cayeron al suelo. Chester echó las orejas hacia atrás, movió la cola y sonrió, preparándose. Para los sabios en gatos, esto se conoce como "la posición de ataque".

—¡Corre, Bonícula! —grité.

Bonícula volteó a verme, como preguntándome para dónde correr.

—¡Adonde sea! —le grité—. ¡Pero quítate de su camino!

Chester saltó.

Bonícula brincó.

Y en un parpadeo, habían cambiado de lugar. Chester se encontraba ahora boca arriba (debido a lo resbaladizo del aderezo) en plena ensaladera. Y Bonícula, demasiado aturdido para siquiera pensar en comida, daba vueltas por toda la mesa, temblando.

Chester pasaba grandes trabajos para incorporarse de nuevo, pero yo sabía que era sólo cuestión de segundos antes de que volviera a atacar. Y también sabía que Bonícula estaba paralizado y no haría nada para ponerse a salvo. Así que hice lo único que podía: ladré. Muy ruidosamente y muy insistentemente.

Toda la familia llegó al comedor. El señor Monroe debía estar recién llegado porque traía puesto el abrigo.

—¡Oh, no! —exclamó la señora Monroe—. Es el colmo, Chester. ¡Es el Waterloo de Chester!

Chester puso los ojos en blanco y ni siquiera intentó moverse.

—Ma —dijo Toby, jalando a su mamá del brazo—, mira a Bonícula. ¿Cómo se salió de su jaula? Parece asustado.

—Por supuesto que está asustado —dijo la señora Monroe—. Probablemente se nos olvidó echarle el cerrojo a su jaula y se salió. Y yo creo que Chester lo ha estado persiguiendo.

Toby se acercó a ver al conejo.

—Ma, ¿no se ve Bonícula medio enfermo?

—Mejor los llevamos a todos al veterinario para ver si no les ha pasado nada —contestó ella.

Yo empecé a gimotear. Yo no necesitaba ir al veterinario.

El señor Monroe me dio palmaditas en la cabeza.

—También podemos llevarnos a Harold —dijo—. Probablemente ya le tocan sus inyecciones.

La señora Monroe sacó a Chester cuidadosamente de la ensaladera y se lo llevó a la cocina, agarrado por la nuca.

—Le voy a dar a Chester un baño rápido —le dijo al señor Monroe—. ¿Por qué no preparas una ensalada fresca? Toby: tú y Peter pongan a Bonícula otra vez en su jaula y luego limpien la mesa.

Yo no me quedé para que me dieran una tarea. No era el momento de andar estorbando.

Aparte de eso, ahora tenía por delante toda una noche arruinada por la preocupación de ir al veterinario al día siguiente. Mi pequeño esfuerzo, reflexioné, había resultado un desastre en más de un sentido.

# A buen fin no hay mal principio... o casi

Cuando evoco aquella noche, recuerdo haber pensado que todo ese lío nunca se resolvería felizmente. ¿Qué ocurría con Boníc ula, mi nuevo amigo, que estaba pasando hambre? ¿Y qué sería de Chester, mi viejo amigo, que parecía haber perdido un tornillo y se prestaba a pasar, si me perdonan ustedes la expresión, una vida de perros con los Monroe? Motivo de mayor preocupación en ese momento, por supuesto, era mi propio futuro, ¡porque esa noche todos mis pensamientos estaban concentrados en el miedo a las inyecciones del día siguiente! En verdad, no parecía haber esperanzas.

Pero al pensar en el día siguiente, puedo decirles que los finales felices todavía son posibles, aun en situaciones tan complicadas como aquélla.

A la mañana siguiente, temprano, nos apilamos todos en el carro, algunos con más desgano que otros, y nos dispusimos a rodar rumbo al veterinario. Y para la tarde, ya estábamos en camino de resolver nuestros problemas.

El veterinario lo arregló todo perfectamente. Descubrió que

Bonícula estaba sufriendo un hambre extrema. (Yo hubiera podido decírselo.) Y en lugar de retacarle su estomaguito con alimentos sólidos, el doctor decidió que había que ponerlo a dieta líquida hasta que se mejorara. Así que le dieron a Bonícula, inmediatamente, un poco de jugo de zanahoria, que bebió ansiosamente. Después de que terminó, volteó a mirarme con una gran sonrisa en la cara y me guiñó un ojo.

A Chester le diagnosticaron tensión emocional. Se sugirió que empezara a ir a sesiones con un psiquiatra de gatos, para remediar lo que el doctor llamó un caso de "rivalidad fraternal" con Bonícula. Después le pregunté a Chester qué era "fraternal", pero no me hablaba; así que lo busqué. Es algo relacionado con hermanos o hermanas. Y rivalidad fraternal quiere decir que estás en competencia con tu hermano o hermana por la atención de los demás. Yo no estaba seguro de que ése fuera el problema de Chester, pero en verdad explicaba muchas cosas sobre Toby y Pete.

En cuanto a mí… bueno, a mí me fue mejor que a nadie. El doctor Wasserman estaba ya listo para ponerme mis inyecciones cuando la enfermera llegó con mi expediente.

—Espere, doctor, este perro no necesita inyecciones todavía. Es demasiado pronto.

Así que, en lugar de inyección, me gané unas palmaditas en la cabeza y una galleta.

En estos días, todo ha vuelto a la normalidad en la casa de los Monroe… o casi. A Bonícula le gustó tanto su dieta líquida que los Monroe se la han seguido dando. Y desde entonces, ¡qué curioso!, ya no hay problemas con verduras que misteriosamente se ponen blancas. Chester, por supuesto, insiste en que esto prueba su teoría.

—Obviamente, Harold, las verduras licuadas toman el lugar de los jugos vegetales, así que Bonícula ya no necesita andar merodeando.

—Entonces no es un vampiro —dije.

—Absurdo. Claro que es un vampiro. Pero es un vampiro moderno. Consigue sus jugos con la licuadora.

—¿Caso resuelto, Sherlock? —inquirí.

—Caso resuelto.

—Oh, Chester…

—¿Sí, Harold?

—¿Qué son esas dos marcas tan raras que tienes en el cuello?

Chester brincó y se rio luego.

—Muy chistoso —dijo, al tiempo que empezaba a relamerse la cola—, muy chistoso.

Los Monroe nunca se enteraron de la teoría de Chester. Cambiaron de mercado y hasta el día de hoy creen que fueron víctimas de una curiosa plaga de verduras.

Bonícula y yo nos hemos hecho buenos amigos. Sigue sin hablar, pero se acurruca conmigo junto a la chimenea y nos echamos largas y muy ricas siestas. Una noche, le canté una canción de cuna en el oscuro dialecto de su patria y se durmió muy apaciblemente. Ésa fue la noche que consolidó nuestra amistad.

Ahora bien, en cuanto a Chester... ya dije que todo había vuelto a la normalidad... o casi. Naturalmente, Chester es el "casi". Ha estado viendo durante algún tiempo a su psiquiatra, el doctor Verrugato Katz. Dos veces a la semana. Se toma su terapia muy en serio.

La otra mañana, estaba yo tratando de dormir, cuando Chester llegó y me dio un codazo en las costillas.

—Harold, ¿te das cuenta de que nunca nos hemos comunicado? Quiero decir, realmente comunicado.

Abrí un ojo con mucho cuidado.

—Y para comunicarse, Harold, tiene uno que estar de veras en contacto consigo mismo. ¿Estás en contacto contigo mismo, Harold? ¿Puedes mirarte en el espejo y decir "yo sé quién soy, estoy en contacto con la yo-idad que soy y puedo alcanzar a relacionarme con la tu-idad que eres tú"?

Cerré los ojos. Ahora ya me acostumbré. Habla así todo el tiempo. Ya no lee a Edgar Alan Poe por las noches. Y una vez que concluyó que había tenido razón con Bonícula, ya no hubo más cháchara sobre vampiros. *La marca del vampiro* reposa en el librero: su utilidad ya pasó. Ahora mismo, Chester lee *Encontrarse a uno mismo a base de gritos* y la otra noche, cuando escuché un ruido horrible que venía del sótano, ni siquiera parpadeé. Ya sabía yo que era Chester "encontrándose a sí mismo", como dice. Me explica que ahora está entrando en contacto con su mininiñez. Le he dicho que está de lo más bien, que solamente me haga saber cuándo lo hará, para que yo me vaya a otro lado. Ya he tenido bastantes líos con las aventuras de Chester.

Así pues, tal es mi historia. Y la historia de un misterioso forastero que ya no parece tan misterioso y que definitivamente ya no es ningún forastero. He presentado los hechos tan claramente como pude y dejo que ustedes, queridos lectores, saquen sus propias conclusiones.

Ahora debo terminar esta narración, pues ya es viernes por la noche —es la noche en que Toby se queda despierto hasta tarde y lee— y ya puedo oír el arrugarse del celofán; sólo espero que dentro haya dos pastelillos de chocolate con relleno de crema.

*Bonícula. Una historia de misterio conejil,*
de Deborah Howe y James Howe,
número 24 de la colección A la Orilla del Viento,
se terminó de imprimir y encuadernar en diciembre de 2017
en Impresora y Encuadernadora Progreso, S. A. de C. V. (IEPSA),
calzada San Lorenzo, 244; 09830 Ciudad de México.
El tiraje fue de 5 100 ejemplares.